Max Prosa

Die Reise des lausigen Kapitäns

2. Auflage März 2021

Bibliografische Information der
Deutschen Nationalbibliothek:
Die Deutsche Nationalbibliothek
verzeichnet diese Publikation in
der Deutschen Nationalbibliografie;
detaillierte bibliografische Daten
sind im Internet über dnb.dnb.de
abrufbar.

Herstellung und Verlag:
Books on Demand, Norderstedt
ISBN: 978-3-753464916

Inhalt

DER CHORAL DES LAUSIGEN KAPITÄNS
Teil 1

SPRECHER

Dies ist die Geschichte von einem lausigen
Kapitän, der sein ganzes Leben damit ver-
bracht hat, Seerouten zu planen und neue
Kurse zu berechnen, um neue Welten zu
erschließen, irgendwo weit draußen, hin-
term Horizont. Denn er hatte es irgendwann
satt gehabt, immer in der einen Welt zu
sein, in der die Menschen unglücklich und
träge waren und es trotzdem nicht schaff-
ten, etwas an ihrem Leben zu verändern,
und die ihm manchmal vorkam wie ein altes,
schlechtes Buch.

KAPITÄN (singt)

Oh, ich fahre zur See / Sag meinen
Liebsten ade / Denn man weiß nie, was
passiert / Hab die Galeere geklaut /
Auf die sich keiner sonst traut / Weil
man sich darauf verliert

Und es geht immer voran / Denn unsre
Karten sind falsch / Es geht immer
voran / All unsre Karten sind falsch
/ Sie wurden gefälscht / Damit man
glaubt, dass die Welt / Sich an ein
Regelwerk hält

Hab die Papiere verloren / Ich wurde
niemals geboren / Falls das irgendwer
fragt / Und die Klippen da vorn /
Sind alle nur Illusion / Es hat nur
niemand gewagt

Und es geht immer voran / Denn unsre
Karten sind falsch / Es geht immer
voran / All unsere Karten sind falsch
/ Sie wurden gefälscht / Damit man
glaubt, dass die Welt / Sich an ein
Regelwerk hält

ERSTER AKT
AUF DER STRASSE

Der Kapitän tritt auf die Straße und
schaut in den Himmel

KAPITÄN (singt)

Die Venus steht tief heut' Nacht. Sie
kreuzt den Weg des großen Wagens. Das
ist ein schlechtes Zeichen. Aber die
Menschen glauben nicht daran, also
ist es gar kein Zeichen. Woran glauben
die Menschen? Wonach handeln sie?
Höchstens noch nach den Bewegungen
der Aktienmärkte. Das ist die schöne
neue Realität, und darin gibt es auch
Sterndeuter, ausgebildet an den Uni-
versitäten und herbeigerufen von den
Fürsten dieser Zeit, die das Schicksal
bezwingen und ihre Macht erweitern
wollen, ohne Rücksicht auf Verluste.
Es hat sich wenig verändert.

(singt)

Und so sitzen wir da, jeder in seiner
Rüstung, aus dem, was er hat und dem,
was er kann, und darunter, da schla-
gen verloren die Herzen, wollen sich
berühren, aber kommen nicht ran.

Der Mensch — wie oft war er der Narr?
Aber doch nie so offensichtlich.
Und ihr treuen Sterne — steht noch da
und werdet nicht beachtet. Ach, es
ist ungerecht. In alten Zeiten hat man
Bilder in euch gesehen und je nach
ihnen gewagt, geliebt, gelebt. Ein
phantastisches Theater. Es hat ausge-
dient, aber ihr spielt trotzdem weiter.
Euch interessiert nicht das Publikum
hier auf Erden. So ist das eine ex-
klusive Vorstellung jede Nacht. Und die
Leute hier rennen herum, auf der Suche nach Sinn, nach Bedeutung. Schauen
nach vorne und nach unten, aber niemals mehr zu euch hinauf.

    (schaut ins Publikum)
Die Leute! Wenn ich sie so als Menge
sehe, kann ich sie fast mögen. Hört,
ich habe ein Lied für euch. Ich über-
setze es sozusagen, direkt von oben,
von dort, wo niemand mehr hinschaut.
Es handelt von der Einsamkeit, denn
davon können die Sterne berichten.

    KAPITÄN (singt)
„Einsamkeit, ich find dich überall"

Bei Nacht enthüllen die hellen Straßen-
lichter / In bunten Großstadtgassen
die Gesichter / Ich seh 'nen Blick so

scheu wie von 'ner Nachtigall / Einsamkeit, ich find dich überall /
Dort drüben haben sich zwei etwas zu
sagen / Und finden keine Gründe es
zu wagen / Ein Dritter redet wie ein
Wasserfall / Einsamkeit, ich find
dich überall

Dort, wo man dich nicht erwartet /
bist du immer ausgeartet, / ich hör die
Reichen, hör die Armen / Wie sie sich
alle vor dir warnen / Man muss nicht
einmal allein sein / Du kommst durch
die Hintertür rein / Studentenparty
oder Opernball / Einsamkeit, ich find
dich überall

Zwei Studenten kommen vorbei, sie
erkennen ihn

    STUDENT SASCHA
Da ist er ja, unser Kapitän, immer noch
am Spielen heute?

    STUDENT LUCIAN
    (schaut in den leeren Gitarrenkasten)
Ist wohl nicht viel los heute?

    KAPITÄN
Ich habe gespielt, was ich spielen mag.
Da verdiene ich nie viel. Aber manch-

mal muss es sein. Sonst verliere ich
die Lust daran.

STUDENT SASCHA
Komm doch, hör auf zu spielen.
Wir laden dich auf ein Gläschen ein.
Wollen doch mal hören, wie es dir geht.
(schenkt ein)

KAPITÄN
Na gut, heut scheint eh nicht viel los
zu sein. Aber sag mal, wo ward ihr
die ganze letzte Zeit, ich habe euch ja
ewig nicht gesehen. Und auch nicht er-
reicht.

STUDENT LUCIAN
Ach, dies und das und noch etwas.

STUDENT SASCHA (verteilt die Gläser)
Auf uns!

STUDENT LUCIAN
Ja, auf uns.

KAPITÄN
Ach, nicht auf uns, gibt's nichts anderes, worauf wir anstoßen können?

STUDENT LUCIAN
Schlag doch was vor.

KAPITÄN
Die Sonne vielleicht?

STUDENT SASCHA
Äh, auf die Sonne, ja.

STUDENT LUCIAN
Wieso denn die Sonne?

KAPITÄN
Wieso nicht? Die steht an jedem Tag
dort oben und strahlt. Vielleicht
sollten wir ihr ab und an zuprosten,
damit sie weiter läuft, auf ihrer
Bahn. Wir sind es nur zu gewohnt,
dass sie macht, was sie macht. Haben
vergessen sie zu verehren. Vielleicht
bleibt sie deshalb einmal stehen.
Das sollten wir nicht riskieren.

STUDENT SASCHA
Und der hat Physik studiert?

STUDENT LUCIAN
Nicht zu Ende, merkst du ja.
(sie lachen, prosten und trinken)

KAPITÄN
Ach, das tut gut euch zu sehen.
Erinnert mich an die alten Zeiten,
mit all den großen Fragezeichen.

Als wir diese Straßen entlangliefen,
mit dem Druck unserer Eltern im
Nacken, wir müssten doch was Ordent-
liches machen. Studieren gehen, wie
all die anderen, und dann ab in die
Mühlen des Alltags, denen wir Gott
sei Dank entflohen sind. Und wer
weiß, hätten wir uns nicht gehabt,
wo wir dann stünden, ob es so aus-
gegangen wäre. Aber genug der alten
Geschichten. Jetzt erzählt einmal,
was treibt euch hierher? Was erlebt
ihr an euren Fronten?

STUDENT SASCHA (druckst herum)
Naja, nicht viel zuletzt. Seit ich 'ne
Freundin hab, das kostet bekanntlich
Zeit.

STUDENT LUCIAN
Ja, ich hatte auch so viel um die
Ohren und die Zeit verfliegt. Jetzt
haben wir schon wieder Donnerstag,
die Woche ist schon rum, dann ist
es schon wieder Mitte August und der
Sommer vorbei. Ich kann es selbst
kaum glauben.

KAPITÄN
Was sind denn das für Reden? Grad hab
ich's noch gelobt, dass wir uns gehol-

fen haben, die anderen Wege zu gehen.
Aber diese Worte, das könnten auch
unsere Väter gesagt haben. Fehlt nur
noch, dass ihr euch wieder an der
Universität einschreibt. Da lernt man
den ganzen Tag so zu sprechen.

STUDENT LUCIAN (kleinlaut)
Das haben wir auch.

STUDENT SASCHA
Wir wollten es dir die ganze Zeit
sagen, aber ...

STUDENT LUCIAN
Komm, du weißt, wie es ist, irgendwann
müssen wir auch unsere Miete bezahlen.

KAPITÄN (entgeistert)
Und das nach allem? Nach allem, was
ihr schon wusstet? Wisst ihr nicht
mehr, was euch das bedeutet hat, nicht
mitzuspielen? Soll das jetzt bei euch
wie bei so vielen bloß der Leichtsinn
der Jugend gewesen sein?
Oh, wenn ihr euch damals hättet so reden hören, ich hätte euch nicht davon
abbringen können, euch ein Messer in
die Brust zu rammen.

STUDENT LUCIAN

Ach komm, du wirst auch irgendwann
älter. Was ist dabei? Heißt ja nicht,
dass wir Arschlöscher werden.

KAPITÄN

Kommt, bitte, lasst uns noch einmal
eins der Lieder singen, die wir immer
gesungen haben. Wenn es nicht schon
zu spät ist. Los, setz dich hier ans
Klavier, du wirst wohl noch wissen,
wie es geht. Fühlt noch einmal durch
die Kraft der Musik diese Freiheit,
die ihr da draußen so gnadenlos
verlieren müsst. Kommt spielt, singt,
und hört nicht auf, bis wir in die
Universität gelaufen sind und diesen
Fehler rückgängig gemacht haben.

KAPITÄN (singt)
„Ein goldener Weg"

Ein goldener Weg, der aufwärts geht /
Wir suchen ihn in diesem Tal /
Es heißt, wer ihn gefunden hat, der
hätte ab dann freie Wahl / Und manch
einer verliert sich selbst und alles,
was ihn berührt / Für diesen goldenen
Weg, der wohl in ein besseres Leben
führt.

Doch ich traf so einen von denen, die
wir beneiden / Und der sagte auf der
Wolke, auf der er lebt / Da vermisst
man all die Blumen und den Regen und
unser ungewisses Leben / Und er fragte
mich: „Tauschst du mit mir?"

Ne gute Frau, ne schöne Frau / Wir
suchen sie in diesem Tal / Es heißt,
wer sie gefunden hat, der meldet sich
dann nicht nochmal / Und einer lacht
und einer klagt, ein dritter hält
sich den Kopf / Sie suchen nach 'ner
schönen Frau mit einem wehenden Zopf.

Doch ich traf so einen von denen, die
wir beneiden / Und der sagte, auf der
Wolke, auf der er lebt / Da vermisst
man all die Blumen und den Regen und
unser ungewisses Leben / Und er fragte
mich: „Tauschst du?" Und ich sagte:
„Niemals"

KAPITÄN
Und? Was fühlt ihr?

STUDENT LUCIAN
Das ist ein schönes Lied.

KAPITÄN
Ein schönes Lied? Vielleicht ist es

dann auch noch ganz nett? Vielleicht
sollte man es nicht zu laut drehen?
Und der Text ist auch etwas verstörend
für die Hörer? Ob man da nicht das
ein oder andere positiver formulieren
könnte?

STUDENT SASCHA
Jetzt übertreib nicht.

KAPITÄN
Ich wünschte, ich täte das, und es wär'
nur Neckerei. Aber ihr seid wirklich
auf dem besten Weg, die zu werden, die
ihr nie werden wolltet. Ich fühle mich
schon nur noch verbunden zu denen,
die ihr einmal wart. Nur ihnen zulie-
be kann ich nicht nachgeben. Denn in
meinen dunkelsten Stunden, als meine
Seele kein gutes Haar an dieser Welt
lassen konnte, habe ich immer gewusst,
dass es zwei wie euch gibt. So konnte
ich dann aufstehen und sagen: Alles
lohnt sich. Der Kampf ist nicht verge-
bens.

STUDENT LUCIAN
Davon, dass du hier auf der Straße
stehst und Lieder singst, wird die
Welt auch nicht gerechter. Mag sein,
dass es ein paar Leuten das Herz

wärmt. Aber die Veränderung, die fin-
det woanders statt. Du musst im großen Spiel mitspielen, das Rad umbauen,
während es sich dreht. Hier tut sich
genau gar nichts.

KAPITÄN
Wie viele vor dir haben so gedacht und
als starke Pflanzen die Mühlen durch-
laufen? Sie kamen heraus als gemahle-
nes Korn, einander gleicher als gleich.
Unser großer Feind, die Gewohnheit,
ist listig und schleicht sich unkennt-
lich ein. Du wirst nicht bleiben, wie
du bist, du wirst Gedanken anders den-
ken. Schau sie dir doch an, die Ent-
scheider, alles gebrochene Haltungen.
Kaum haben sie angefangen dieses Spiel
zu spielen, sind sie schon seine Die-
ner. Sie waren alle auch mal andere.
Und dann nennen sie es Vernunft. Aber
Vernunft ist Angst. Besser du ver-
schenkst dich, wie du bist. Denn es ist
eine starke Entscheidung, glücklich
zu sein und seine eigenen Gaben in die
Welt zu schenken. Dort, wo geschenkt
wird, sammeln sich Leute, das geht von
selbst. Wie Blumen ihren Kopf zur Sonne wenden, weil sie Licht und Wärme
schenkt, werden sich dir die Gesichter
zuwenden, wenn du deine Gaben schenkst.

STUDENT LUCIAN

Die Gesichter, die sich mir hier draußen zugewendet haben, haben geistlos
gelächelt. Wersoll dich ernst nehmen,
als Straßensänger?

KAPITÄN

Die Gesichter, die sich dir da drinnen
zuwenden werden, werden hämisch grin-
sen. Sie werden so lange nett zu dir
sein, wie sich dich brauchen. Wenn du
dahin überhaupt kommst.

STUDENT LUCIAN

Wir werden sehen!

KAPITÄN

Du wirst es sehen!

STUDENT SASCHA (streitschlichtend)

Auf die Sonne Jungs!

(gibt Lucian ein Zeichen zu gehen)

STUDENT LUCIAN (nickt)

STUDENT SASCHA

Also mein Lieber, es war schön dich
zu sehen. Hoffe, wir haben bald mal
wieder mehr Zeit füreinander. Wir
müssen jetzt wirklich los, sind noch
verabredet.

KAPITÄN (schweigt)

(Sie gehen.)

Dialog Sascha — Lucian

STUDENT LUCIAN
Boah, was ist denn in den gefahren,
das ist ja echt nicht mehr gesund.

STUDENT SASCHA
Tja, du. Keine Ahnung. Aber das sollte
uns auf keinen Fall den Abend verderben. Also, nun lass doch mal schau-
en, was die Stadt heute zu bieten hat.

(Kapitän allein)

KAPITÄN
Ich verliere sie alle. Und sie verlieren mich. Es sind nicht mehr dieselben.
Es verbinden uns nur noch die alten
Zeiten. Aber bin ich noch derselbe?
(spricht zu seinem Spiegelbild)
Da bist du also, der einzige, der bei
mir bleibt. Ein wenig alt bist du geworden, hager im Gesicht. Der Zahn der
Zeit geht auch an dir nicht vorüber,
wie? Ein paar erste Falten. Ach, du
langweilst mich, Spiegelbild, was soll
ich mit dir schon anfangen?

Machst doch immer, was ich auch mache,
bist doch immer derselben Meinung.
Aber was ist das? Ein weicher Zug ums
Auge? Der ist mir neu.

GEIST (aus dem Off)
Ich bin der Geist der Annäherung,
die Weisheit des Alters.

KAPITÄN
Und, was willst du?

GEIST
Ich bin gekommen, um dich milde zu
stimmen.

KAPITÄN
Ach, auf dich hab' ich grade gewartet.
Bist du mir doch schon letzten Sonn-
tag in den Armen einer Geliebten um
die Schläfen gestreift. Denk nicht,
ich hätte das nicht bemerkt. Bist du
es nicht, der du die Menschen träge
machst, der du all meine Freunde
befallen hast, so dass sie von ihren
guten Ideen abfielen? Ich nenne dich
Geist der Trägheit, und von allen
Geistern kannst du mir weiß Gott ge-
stohlen bleiben.

GEIST
Wie du hörst, bin ich schon in dir.
Und ich muss nichts tun, als dir dein
Spiegelbild zu zeigen. Du bist nicht
der erste, der sich gegen mich wehrt.

KAPITÄN
Dann mach es dir nicht zu gemütlich.
Schon bei anderen musstest du wieder
ausziehen.

GEIST
Diesen anderen war ich egal. Du hin-
gegen wütest gegen mich. Das war
schon immer ein Zeichen der Liebe.

KAPITÄN
Ach, hau ab!

GEIST
Du hast keine Wahl. Diese Nacht über
nehme ich dich mit auf die Reise. Wenn
du morgen noch derselbe bist, dann
wirst du es immer bleiben. Ansonsten
veränderst du dein Leben.

KAPITÄN (äfft nach)
Veränderst du dein Leben. Habe ich
mich doch nicht getäuscht mit den
Sternen. Die Venus kreuzt den Weg des
großen Wagens. Was soll das werden?

Was kann mir die langweilige Vergangenheit sagen? Es ist doch alles schon getan, und was nicht getan ist, ist verpasst. Was wollt ihr bloß von mir, ihr Stimmen, ihr Geister?

KAPITÄN (singt)
„Reise in die vergangene Welt"

Ein Schatten liegt heut' Nacht auf meiner Seele / Ich schau mich an und frag' mich, wer ich bin / Wenn ich mich doch nur immer vorwärts quäle / Der Spiegel sagt, das Glück liegt in mir drin / So kommt zu mir, ihr schwankenden Gestalten / Vergangenheiten kommt, ich lass euch zu / Heut werd ich eure tiefen Blicke halten / Heut' lege ich mich zwischen euch zur Ruh / Was wollt ihr denn, ihr wollt doch etwas sagen / So, wie ihr euch gebärdet, liegt was an / Wir sind doch alle längst nicht mehr dieselben / Verloren das, was niemand finden kann / Doch ich, ich mach mich zu euch auf die Suche / Ich hör euch zu, um vielleicht zu verstehen / Woher der Zweifel kommt, den ich jetzt fühle / Weshalb die alten Wunden neu entstehen / Oh, ich schließ nicht meine Augen / Ich bin wach und schau nach innen / Seh'

die Geister der Vergangenheit und
höre ihre Stimmen / Und für jede Frage
/ Steckt eine Antwort in mir drinnen
/ Jag' sie nicht mit deinen Worten, du
siehst mich nicht von innen / Du bist
nur blind hier drinnen.

KAPITÄN
(fällt in schlafähnliche Trance)
Wohin führt ihr mich, ihr Geister?
Das fängt ja an, weh zu tun. Ach, nicht
das, da war ich so alt. Oh, wie habe
ich die verletzt. Mauro, alter Knabe,
was machst du eigentlich, gibt's dich
noch? Wir haben uns nie verabschieden
können, sind einfach so auseinander
gegangen, und dann war es das letzte
Mal, und wir sahen uns nicht wieder.
Von wie vielen Leuten verabschiedet
man sich eigentlich im Leben? Wäre
doch schön, rührend sogar, würden wir
sagen: 'Das ist das Ende unserer Über-
schneidungen in der Zeit. Die Welt
bringt uns nie wieder zusammen.' Aber
stattdessen verlieren wir uns einfach.
Wir hinterlassen Spuren, verlorene
Spuren, die eine Weile lang kreisen,
aber meistens auseinanderlaufen. Denn
so gut wir auch zueinander passen,
treffen wir doch nur selten zur rich-
tigen Zeit aufeinander.

Ach, was soll das hier? Lass mich mit
diesen Leuten in Ruhe. Ich will sie
nicht sehen. Ich kann nichts ändern
oder wiedergutmachen. All diese Leute
sind dick, träge und hässlich geworden. Ich will sie nicht sehen, ich muss
auftauchen. Ich ...

(Bild von Marie erscheint)

KAPITÄN

Hier willst du mich haben? Bei der?
Oh, daran erinnere mich gerne. Das
war echt. Als einziges echt. Marie?
Wenn ich sie jetzt so sehe, spüre ich
die Wogen von damals, den Ursprung.
Als hätte die Liebe mich wieder. Nicht
diese Zweifel, nicht der Sarkasmus.
Alles so rein und heilig. Marie! Komm,
ich tue mich wieder an deine Seite, und
dann spielen wir diese Pose, wie auf
den Bildern an den Wänden von unseren
Großeltern. Und alle schauen uns an,
was für ein hübsches junges Paar. Wir
werfen dem Straßensänger einen Gro-
schen in den Becher und schlendern den
Boulevard entlang, tragen alle Zukunft
in uns. Hier kann ich es glauben.
Wieso kann ich es nur hier glauben?

(greift nach ihr)

Ach, du verschwindest schon? Bleib doch. Ach, es war nur gedacht. Bringt sie zurück, ihr Spiegelgeister! Aber ja, sie ist noch da. Wir sind noch da. Es liegen nur ein paar fehlgeleitete Jahre dazwischen. Ich kann mich aufmachen und das Schicksal gerade rücken.

ZWEITER AKT
BEI MARIE

DER CHORAL DES LAUSIGEN KAPITÄNS
Teil 2

SPRECHER

Und dieser lausige Kapitän hatte ein einziges kleines Boot, das grade groß genug
war, ihn selber zu tragen, mit einem kleinen Segel, dessen Bewegungen und Fein-
motorik er in- und auswendig kannte. Und
wo auch immer er grade war, hielt er Aus-
schau nach neuem Land und sang sein Lied.

(Kapitän sitzt mit seiner Gitarre vorne am
Bühnenrand und klimpert.)

KAPITÄN

Jetzt sitze ich hier und warte, ob sie
kommt, spiele ihr ein Lied. Das habe
ich noch für keine gemacht. Habe am
Klingelschild geschaut, sie wohnt noch
hier. Was wird die Welt aus ihr gemacht haben?

(Auf der Leinwand erscheint Maries Bild)

KAPITÄN

Marie, bist du's?

MARIE

(Die Antwort ist eine verträumte Melodie)

KAPITÄN

Ja, ich bin's. Weißt du, ich habe noch
nie jemandem vor der Tür aufgelauert,
noch kein einziges Mal. Aber es ist mir
etwas klar geworden. Doch sag erstmal,
wie geht es dir?

MARIE

(verträumte Melodie)

KAPITÄN

Und denkst du auch manchmal an frü-
her? Wie leicht uns alles war? Weißt du
noch, wie wir uns kennengelernt haben? Wie wir ins Gespräch kamen, weil
da diese Säule vor uns war in dieser
Spelunke? Wir wollten beide auf die
Bühne schauen und mussten unsere Köpfe
so und so verbiegen, dass es ausgesehen
haben muss wie ein Tanz. Oh, wir mussten so lachen. Haben wir dieser Säule
eigentlich gedankt? Wenn man nur einfach geradeaus schaut, wie es die Leute
überall haben wollen, dann verpasst
man ja das beste am Leben. Aber das ist
jetzt alles schon so lange her. Schön
siehst du aus, so schön.

MARIE
(verträumte Melodie)

KAPITÄN
Ich? Ach weißt du, ich habe in den
Spiegel gesehen, da ist mir etwas klar
geworden. Wie sage ich das jetzt …
Ich sage es so: Wir beide hatten diesen
ersten Versuch, alles, was Liebe war,
haben wir aneinander entdeckt und
ineinandergelegt. Es war so rein und
wahr. Und dann ist es so schaurig in
die Brüche gegangen, nur weil wir
so jung waren. Aber alles, was danach
kam, war nur die Kopie einer Kopie
einer Kopie und sooft kopiert, bis
nichts übrig blieb. Und damit leben
wir jetzt, mit diesen bis zur Bedeu-
tungslosigkeit kopierten Blättern, und
nichts lässt sich mehr ernst nehmen.
Aber sag, wie ist es dir mit der Liebe
ergangen?

MARIE
(verträumte Melodie)

KAPITÄN
Schau Marie, jetzt bin ich all den
Weg zu dir gekommen. Lass uns diese
Nacht nochmal ausgehen. Lass uns
noch einmal diese Orte besuchen, an

denen wir uns kennengelernt haben.
Vielleicht ist hinter der Säule noch
ein Platz frei.

KAPITÄN (singt)
„Küss mich"

Oh, ich schau dich an / Du liegst neben
mir / Dein Haar schlingt sich um mein
Handgelenk / Und der Mond scheint
rein / Wirft sein goldenes Licht / Wie
ein Lampion / Auf dich und mich /
Und ich glaub daran / Dass, was uns
vereint / Noch viel größer ist / Und
bei uns bleibt / Wenn wir gehen / Küss
mich für die Schönheit / Bis der
Morgen kommt / Lass die Welt um uns
vergehen / Ich spür den Sog / Seit
wir uns in die Augen sahen / Oh, lass
die alten Wunder neu geschehen.

KAPITÄN
(tanzt mit ihr, das heißt: mit einem Tuch,
und wacht nach dem Lied im grellen Licht auf)

KAPITÄN
Marie? Wo bist du hin? Wo ist sie hin?
Spiegel? Ihr Geister?
(wirbelt das Tuch hin und her)
Jetzt ist sie weg, wieso? Ach, ich er-
innere mich. Sie wollte mich. Und sie

wollte von mir geliebt werden. Und ich
wollte sie. Aber ich wollte auch die
Liebe dieser Welt, und die habe ich
nicht bekommen. Ach, wie können wir
auch lieben, in so einer Welt? Vielleicht muss erst die Welt sich ändern, bevor wir uns ändern. Vielleicht
braucht es Hilfe an dieser Stelle, ein
paar Gedanken. Ich werde etwas auf-
schreiben. Ich werde da rausgehen und
mein Glück versuchen.

DER CHORAL DES LAUSIGEN KAPITÄNS
Teil 3

SPRECHER

Und dieser lausige Kapitän stellte sein
Segel gut ein auf die neuen Kurse,
wirklich sehr gut. Aber dann waren die
Winde immer anders als er dachte, kamen
von mehreren Seiten zugleich, sodass er
die Kontrolle verlor.

KAPITÄN (singt)

Und irgendwann / Ihr werdet sehen /
Entdeck ich neues Land / Und schick
euch zum Beweis / Ne Tonne feinsten
Sand / Und es geht immer voran / All
eure Karten sind falsch / Sie wurden
gefälscht / Damit man glaubt, dass
die Welt / sich an ein Regelwerk hält.

DRITTER AKT
AUF DEM MARKTPLATZ

Der Kapitän läuft mit einer Kiste herum
und verliest sein „Manifest des Vertrauens"

1. Wir wollen den Bruch mit allen
Grenzen, den äußeren wie den inneren.
Die Wände der Wohnungen, in denen
wir leben, wollen wir brechen können
wie die Zäune und Mauern an den
Landesgrenzen, wie die Gedanken, was
richtig und was falsch ist zu einem
sich stetig wandelnden Ganzen.

2. Wir wollen, dass jedes Konstrukt,
in dem Menschen miteinander leben,
Familie heißt, auf dass es keine
richtigere oder bessere Form von Familie gibt. Wir wollen die Normalität
der Ehe infrage stellen, für die
Millionen von brüllenden Kreaturen,
die sich und ihr ganzes schillerndes
Wesen dem untergeordnet haben, aus
Angst verachtet zu werden.

3. Wir wollen, dass unsere Kinder an
Schulen dazu angeleitet werden, den
Rhythmus ihres Lebens zu finden,
anstatt dass sie nach bestehenden Mus-

tern geformt werden. Nur dann werden sie ihre eigenen bahnbrechenden Ideen haben, die noch viel weiter gehen und uns eines Tages ablösen werden.

4. Wir wollen uns loslösen vom Diktat der Technologie und des Fortschritts, bis wir wieder in uns selbst verwurzelt sind. Körperlichkeit und die tiefen, weiten Gedanken sollen wirken, anstelle der oberflächlichen Gesichts- und stimmlosen Kommunikation, die uns nichts über das Menschsein mitteilt, obwohl das alles ist, was wir haben.

5. Wir wollen eine Gemeinschaft sein und dabei helfen, die Fixiertheit von zwei Menschen aufeinander aufzuheben, denn ein Mensch kann nie genug sein, um ein anderes Leben zu tragen. So wie es ein Dorf braucht, um ein Kind großzuziehen, braucht es auch eine Gemeinschaft, um eine Seele aufzufangen.

6. Wir wollen das Geld entmachten, das überall zwischen uns steht. Das Erbe auf ideelle Werte beschränken. Denn die verschiedenen Klassen und Lebensstile sind Mauern, wie die an den Landesgrenzen, und sorgen für Unverständnis füreinander. So kennen die

Reichen die Probleme der Armen nicht und schätzen sie gering und die Armen die Probleme der Reichen nicht und schätzen sie gering. „Wenn ihr kein Brot habt, so esst doch Kuchen." Dieser Mangel an Empathie füreinander besteht noch immer und wird von Generation zu Generation weitergegeben. Das muss aufhören.

7. Wir wollen jede Gewohnheit hinterfragen, die sich negativ auf die Natur und unseren Planeten auswirkt, von den unendlichen Blechlawinen und Armadas von Autos in unseren Städten, bis zu den Bergen von Müll und Plastik, die sich durch uns anhäufen. Die Gewohnheiten, die wir haben, bieten uns kein schöneres, nicht mal ein praktischeres Leben. Es sind einfach nur Gewohnheiten. Wir haben an ihnen nichts zu verlieren.

8. Wir wollen alle Lebewesen achten und schützen. Eine der offensichtlichsten Heucheleien unserer Zeit ist die industrielle Schlachtung und der bewusste Konsum fremder Tiere gegenüber der Pflege, Liebe und Sorge für Haustiere. Dieser Missstand muss unbedingt zugunsten der Liebe für jedes

Tier beendet werden. Es darf hier niemals Abstufungen geben.

9. Die einzige Autorität, der wir uns unterordnen wollen, soll die des Miteinanders sein. Es wird seine eigene Dynamik finden und seine Rollen nützlich verteilen. Wir wollen nicht festgelegt sein auf die Rolle, die wir darin spielen. Lasst uns die Adjektive vergessen, mit denen wir uns eingerichtet haben, und unbeschriebene Blätter werden. Denn so wie die Alten dich jung nennen und die Jungen dich alt, werden die Leisen dich laut nennen und die Lauten dich leise. Du allerdings wirst gebraucht, wie du bist und nicht anders.

KAPITÄN (singt)
„Chaossohn"

Hier steh' ich, ihr kennt mich schon /
Des Chaos' geliebter Sohn / Vor euch,
die ihr Strippen zieht und dann vor
dem Elend flieht / Vor euch, die ihr
spüren lasst, wie sehr ihr euch selber
hasst

Hier steh' ich, ihr kennt mich schon /
Des Chaos' geliebter Sohn / Ich weiß,

dass die heile Welt selten Versprechen
hält / Es tobt unser alter Streit seit
einer Ewigkeit / Ich leb' in der Resis-
tance und nutze die letzte Chance /

Und ich sag es laut / Oh, ich sag es
laut / Zukunft ist verbaut / Erde aus-
geraubt / Wohin man auch schaut

Unser Erbe wiegt / Tausend Jahre
schwer / Der Plastikmüll treibt / Als
Mahnmal im Meer Hier steh' ich, ihr
kennt mich schon / Des Chaos' geliebter
Sohn / Vor euch, die ihre Strippen
zieht und dann vor dem Elend flieht /
Doch bis Wahrheit wie das Licht durch
alle Risse bricht / Steh' ich immer wieder hier/ seid sicher ihr hört von mir

Und ich seh das Blut auf euerm Jackett
überm Schweinefett / Es geht nicht mehr
weg, es geht nie mehr weg / Oh ihr, die
ihr unentwegt nur im Luxus lebt und
Befehle gebt, bis die Erde bebt, bis die
Erde bebt / Und noch ein Kampfpilot
bringt den Feuertod / Hundert Menschen
tot, tausend Menschen tot, ihr sagt:
„Esst Kuchen statt Brot." / Ideologie
gegen Phantasie, doch Menschen werden
nie, wie ihr wollt / Nie, wie ihr sie
wollt.

(Kapitän versucht die anderen Leute auf dem
Marktplatz zu überzeugen)

KAPITÄN

Wir wollen die Abschaffung der inneren und äußeren Grenzen, haben Sie
gehört? Sehen Sie, ich habe einen
stummen Bettler in der U-Bahn gesehen.
Er hielt ein Schild, darauf stand, dass
er stumm sei und kein Geld für Essen
hat. Er blieb vor den Leuten stehen,
bis sie sein Schild lasen. Er wollte
von ihnen nicht unbedingt Geld, aber
er wollte eine Entscheidung. Er wollte
nur nicht die Ausrede gelten lassen,
dass sie es nicht gesehen hätten. Also,
entscheiden auch Sie sich, in Anbe-
tracht der Tatsachen: für Veränderung
oder Stillstand.

HÄNDLER

He, Studentle, du sollst dir dein
Schnürsenkel bindn.

KAPITÄN

Wen interessieren hier meine Schnürsenkel?

HÄNDLER

Ja, ich find gut, was du gesagt hast.
Da waren ein paar schöne Sprüche

dabei. Aber wenn's dei Schnursenkl net
bindst und aufs Maul fällst, wird's
kei Revolution gebn.

KAPITÄN
Vertrau doch mal, Gevatter, selbst
meinen Schnürsenkeln. Hast du nicht
Lust, dieser Welt zu vertrauen?

HÄNDLER
Des hätt i scho, aber das letzte Mal,
wo i wem vertraut hab, wars dem Rudi,
und dem hab i mit mei Obst allein
gelasse, da hat der Deibel mir 2 Pfund
Erdbeer abgezwackt. Und in der Kneip
habens gsagt, wenn einer so blöde is,
dem Rudi zu vertrauen, hat der auch
verdient beschissen zu werden.

RUDI
Aber davon, dass er mir am Wochenende
meine Waage kaputt zurückgegeben hat,
hat er nix gesagt, wie? Die lief noch
einwandfrei.

(Kapitän wendet sich enttäuscht ab)

KAPITÄN
Was mache ich hier eigentlich? Jeder
führt seinen eigenen kleinen Krieg.

ALTER MANN

He Junge, das, was du da gesagt hast,
da sind ein paar gute Ansätze drin.
Nicht, dass wir die 1968 nicht auch
schon gehabt hätten. Aber vor allem
eines: Wir müssen uns gegen die dro-
hende Islamisierung stellen und unsere Kultur bewahren. Das ist jetzt erstmal als einziges wichtig.

KAPITÄN

In der Einrichtung da drüben arbeiten
ein paar Frauen mit Kopftuch, niemand
könnte auch nur ein schlechtes Wort
über sie verlieren.

ALTER MANN

Das Kopftuch! Das Kopftuch! Oh, wenn
sie wüssten, dass es nicht mal im
Koran steht, dass es ein historisches
Missverständnis ist.

KAPITÄN

Ich glaube, das interessiert sie gar
nicht. Sie tragen das, was ihre Mütter
und Großmütter getragen haben. Sie
sind es gewohnt wie du deine Krawatte.

ALTER MANN

Sie werden uns alle auslöschen, wenn
wir uns nicht zur Wehr setzen. Jeder

von ihnen bekommt durchschnittlich
7 Kinder. In einigen Jahren werden
wir zu wenige sein. Also müssen jetzt
schon Vorkehrungen getroffen werden.

(Kapitän wendet sich ab und geht weiter)

ÄLTERE GESCHÄFTSFRAU
Ha. Diese Reden, ich kann darüber nur
lachen. Hör mal zu, Junge, das ist
eine schöne Utopie, aber schau dir die
Menschen an. Gib ihnen von jetzt auf
gleich allen dasselbe Geld, es wird
nach kürzester Zeit wieder genauso un-
gleich verteilt sein, wie es jetzt ist.
Du änderst sie nicht in ihrem Kern.
Das ist menschlicher Instinkt, spiel
lieber mit, arbeite ordentlich und verdiene gutes Geld. Da hast du mehr von.

VIERTER AKT
AUF DEM MEER TREIBEND

DER CHORAL DES LAUSIGEN KAPITÄNS
Teil 4

SPRECHER

Er gab dann einfach auf. Vielleicht, so
dachte er, wäre das das Beste. Und dann
lehnte er sich gegen die Reling und dachte
nach. Dachte nach, was er wohl falsch gemacht haben könnte. Was er wohl nur immer
und immer falsch gemacht haben könnte.
Und was ihn wohl erwarten würde, was ihn
in der neuen Welt wohl erwarten würde.
Und dann schlief er ein und träumte. Aber
selbst im Traum sang er sein Lied.

KAPITÄN

Die Nacht ist fast vorbei. Nichts
ist sinnvoll. Ich habe alle Rollen
gespielt, die ich spielen konnte, aber
nichts macht einen Unterschied für
diese Welt. Jetzt treibe ich haltlos.
Unter mir Überzeugungen, Meinungen,
Richtungen, aber ich treibe haltlos,
nichts verfängt sich. Es weht nicht
einmal ein Wind.

KAPITÄN (sieht sein Spiegelbild im Wasser)
Nur dich werde ich nicht los. Ich sehe
dich selbst hier, im Traumland, auf
dem Wasser.

GEIST
Hast du genug gesehen?

KAPITÄN
Das kann man wohl sagen. Aber glaub
nicht, dass ich deswegen einfach vor
dir einknicke. Was wäre dadurch er-
reicht? Die Welt wird dann auch nicht
besser. Ich vielleicht weniger getrie-
ben, aber wem nützt das?

GEIST
Vielleicht dir selber?

KAPITÄN
Und dann? Noch ein dummer Narr,
durch den diese Welt in ihr Verderben
schlittert. Die Maske könnte dir passen.

GEIST
Noch ein guter Geist, der sie von innen
heilt, denn das kann sie gebrauchen.

KAPITÄN
Heilung von innen. Auch das hatten
wir schon. Kannst du dich entsinnen?

FÜNFTER AKT
IM KLOSTER

Meditationsmusik

KAPITÄN

Ich verstehe, großer Zen-Meister. Ich brauche Geduld. Ich muss die weiten Gedanken loslassen und im Kleinen meinen Frieden finden, die Erleuchtung suchen.

(Stille, der Kapitän versucht zu meditieren)

Ich habe gelesen: „Man muss doch das Chaos in sich tragen, um einen tanzenden Stern gebären zu können." Es klang mir immer wie die Wahrheit, und etwas daran klingt noch immer danach. Wieso lässt es sich so schlecht mit deinen Lehren verknüpfen? Wo bleibt die raue Schönheit des Lebens, das Ungewisse? „There is a crack in everything, that's how the light gets in." Das hat Leonard Cohen gesungen, und ich habe ihn verstanden. Wir wachsen doch an unseren Fehlern, an allem Schlechten, was passiert und dadurch nicht eigentlich schlecht ist. „Ich bin ein Teil von jener Kraft, die stets das Böse will und stets das Gute schafft", sagt Fausts Mephisto. Wo ist dieses Gute in deiner Welt, wo wird es erschaffen? Heißt es nicht: „Je dunkler der Schatten, desto heller das Licht?" Und wenn wir eine ganze Weile Pech haben und nichts hinbekommen, wer möchte denn sein Glück eintauschen und sein Wachstum, diesen goldenen Moment?

MEISTER

Vor langer Zeit, als noch Pferde die Äcker pflügten, lebte in einem Dorf ein weiser Bauer. In einer Nacht lief ihm sein einziges Pferd davon. Im Dorf verbreitete sich diese Nachricht, und die Leute sprachen den Bauern überall darauf an, was das nun für ein Pech sei. Der Bauer entgegnete ihnen allen: „Glück? Pech? Was weiß ich." Ein paar Nächte später kehrte das Pferd zurück auf den Hof und brachte ein Wildpferd mit, das der Bauer in seine Stallungen nehmen konnte. Nun wendete sich das Blatt, und die Leute sprachen den Bauern allerorts darauf an, was für ein Glück er habe, so einfach und umsonst an ein weiteres Pferd gekommen zu sein. Der Bauer jedoch entgegnete: „Glück? Pech? Was weiß ich." Und dann ...

KAPITÄN (unterbricht)

Ich höre dich, großer Zen-Meister, und ich sehe Weisheit und bewundere sie. Aber wiederum frage ich mich: Bin ich nicht aufgewachsen mit Heldengeschichten von denen, die dem Unrecht nicht mit Gleichgültigkeit begegnet sind, die den Krieg ihres Landes nicht einfach haben geschehen lassen, sondern eingestanden sind für das Menschliche, aufgestanden sind für Gerechtigkeit?

Wo wären wir jetzt, hätten sie gesagt: „Glück? Pech? Was weiß ich." Wie kann ich das sagen, im Angesicht der Abertausenden Ertrinkenden im Mittelmeer, wenn es doch die Chance gibt, gemeinsam etwas zu bewirken, auch wenn sie klein ist und zäh. Nein, bitte antworte nicht, denn ich weiß, du hast auf alles eine gute Antwort. Aber es ist nicht meine Antwort. Ich kann mir deine Weisheit überziehen und darin umherlaufen, aber sie wird nie mein Fleisch und Blut werden. Ich kann versuchen, mich unter dieser Hülle zu verleugnen, aber ich werde, wenn ich ehrlich bin, immer andere Gedanken haben. Dieser Mantel wird mir nie ganz passen, so wie er dir passt, weil er aus dir entstanden ist und aus deiner Kultur.

Ich muss neue Geschichten schreiben, für mich und die meinen und zu einer neuen Philosophie und Lebensart kommen und kann nur vage hoffen, damit in ein paar Generationen so sehr im Einklang zu sein, wie du mit der deinen. Und so schreibe ich zehntens und letztens:

10. Jeder Mensch ist für die eigene Welt der weiseste und kann diese Weisheit nur aus sich selbst heraus entwickeln. Ihre Gültigkeit endet an der Grenze zum Nächsten. Alle Überzeugung kann immer nur Angebot sein und sich von selber zur Nachahmung empfehlen. Die Langsamkeit dieses Prozesses ist erdrückend, aber kann nicht ersetzt werden.

EPILOG
AUF DER STRASSE

Kapitän spielt „Einsamkeit, ich find dich
überall"

STUDENT SASCHA
Ah, da ist er ja wieder, unser Kapitän.
Hast dich lange nicht blicken lassen.
Wo warst du?

KAPITÄN
Woanders. Aber ich sage euch, es war
nicht gut da. Wie ist es euch ergangen?

STUDENT SASCHA
Ich habe fertig studiert.

KAPITÄN
Muss ich dir gratulieren?

STUDENT SASCHA
Du nicht.

KAPITÄN
Und, was hast du jetzt vor?

STUDENT SASCHA
Ich muss mich entscheiden: Entweder,
ich fange gleich an zu arbeiten, da

habe ich ein überzeugendes Angebot.
Oder ich gehe auf Reisen. Aber Reisen
sind überbewertet. Besser ich entschei-
de mich für das Angebot. Morgen früh
stelle ich mich dort vor. Deshalb muss
ich gehen. Es war schön dich zu sehen.

(geht)

KAPITÄN
Und du?

STUDENT LUCIAN
Ich bin nicht vom Fleck gekommen. Ich
habe dir wohl zu gut zugehört.

KAPITÄN
Komm mit, wir gehen weg von hier,
irgendwo muss Platz für uns sein. Es
gibt keine Helden mehr für alle, und
vielleicht ist das gut so. Doch die, die
anders leben wollen, sollen nicht zer-
splittert sein. Sie sollen nicht überall die Kämpfe der Minderheit führen
müssen. Sie sollen wissen, dass sie einander haben. Denn eines ist doch sicher: Was auch immer du willst, es gibt
sicherlich diejenigen in dieser großen
weiten Welt, die dasselbe wollen, du
musst sie nur finden und dich zeigen.
Das ist vielleicht das schwierigste

daran. Lass uns einen Trieb pflanzen, mit der Art und Weise, wie wir leben wollen, und daran arbeiten und hoffen, dass er irgendwann strahlt. So sehr strahlt, dass es bis in die Köpfe der Leute da draußen dringt. Denn das Licht eines frohen Lebens scheint stärker als alle verzweifelten Worte.

SPRECHER

Und als er dann erwachte, war er wieder irgendwo anders. Nicht in der neuen Welt, aber immerhin weit weg von dem Punkt, an dem er losgefahren war. Oft hatte das Boot während er schlief Eisberge und Korallenriffe um Haaresbreite verfehlt, wie von einer höheren Macht geleitet, und der lausige Kapitän sah all das, aber er blieb ganz ruhig. Er zündete sich eine Pfeife an und berechnete einen neuen Kurs

(Sie singen totgesagte Welt)

„Totgesagte Welt"

Auf den Flaggen Neonfarben / Strahlen grell und machen blind / Wir, die weggelaufen sind / Springen singend durch die Nächte / Ohne Sinn und ohne Ziel / Oh, erwartet nicht zu viel / Denn wir wollen nicht diskutieren /

Den lieben langen Tag / Es ist alles
längst gesagt.

Tragt nur euer Leben / In die totgesagte Welt / Wir haben uns lang genug
verstellt / Warm sind die Paläste /
Doch wir bleiben lieber hier / Tanzen
draußen vor der Tür.

Sie wollen totale Kontrolle / Über das,
was sich bewegt / Über das, was in
uns lebt / Die verlorenen Propheten /
Bringen Hass in eine Form / Und bald
wird es zur Norm / Manchmal bleibt
nur die Enklave / Der eignen Phantasie / Denn dorthin kommen sie nie.

Tragt nur euer Leben / In die totgesagte Welt / Wir haben uns lang genug
verstellt / Warm sind die Paläste /
Doch wir bleiben lieber hier / Tanzen
draußen vor der Tür.

Wenn meine Lippen fast erfrieren /
Weiß ich, dass ich singen muss / Manch-
mal ist's als wär's ein Kuss / Schlechte
Tage kommen und gehen / Doch unsre
Liebe ist ein Zelt / Auf das der graue
Regen fällt.

Lucian bemalt den Spiegel bunt.

LIEDVERZEICHNIS

Seite 7

DER CHORAL DES LAUSIGEN KAPITÄNS

(T/M: Max Prosa).

Noch unveröffentlicht. Noten und Aufnahmen auf Anfrage.

Seite 10

EINSAMKEIT, ICH FIND DICH ÜBERALL

(T/M: Max Prosa)

Erschienen auf dem Album „Selbstgespräche", 2019

Seite 16

EIN GOLDENER WEG

(T: Max Prosa, M: Sascha Stiehler)

Erschienen auf allen digitalen Plattformen, 2020

Seite 24

REISE IN DIE VERGANGENE WELT

(T: Max Prosa, M: Sascha Stiehler)

Erschienen auf dem Album „Mit anderen Augen", 2019

Seite 31

KÜSS MICH

(T/M: Max Prosa)

Erschienen auf dem Album „Grüße aus der Flut", 2020

Seite 37

CHAOSSOHN

(T/M: Max Prosa)

Erschienen auf dem Album „Rangoon", 2013

Seite 51

TOTGESAGTE WELT

(T/M: Max Prosa)

Erschienen auf dem Album

„Die Phantasie wird siegen", 2012

DANKSAGUNG

Die Entstehung dieses Stückes ist eng mit
seiner ersten Aufführung im Sommer 2018
verwoben. Durch eine Fügung des Schicksals
gab es für mich zu dieser Zeit plötzlich
die Möglichkeit, einen Abend des „Theater-
natur-Festivals" im Harz zu bespielen.
Mit Sascha Stiehler und Lucian Patermann
fand ich zwei mutige Mitstreiter, die
dieses Wagnis mit mir eingingen und aus
diesem Stoff einen präsentablen Abend
gestalteten. Ich habe den Kapitän selbst
gespielt, denn ich hatte noch nicht das
Selbstvertrauen, jemandem anders diese
Rolle anzubieten. Ein Schauspieler bin
ich freilich nicht und habe allen Respekt
vor dieser Berufung, mit der man ohne
weiteres ein Leben verbringen kann. Nun,
da ich weiß, dass die Rolle trägt, kann
ich sie ohne weiteres weitergeben. Möge der
Kapitän also auf Reisen gehen, es wird
ihm stehen.
Ich danke Naddie Sonnenschein, die mich
tatkräftig motiviert hat, diesen Text zu
Papier zu bringen und in Form zu gießen.
Außerdem danke ich Andrea und Roman für
die Korrekturhinweise, Lucian Patermann
dafür, dass ich sein Bild auf dem Cover
verwenden darf und Andrea Dilzer für
Layout und Satz.